韓國의 漢詩 30

鄭來僑・鄭敏僑 詩選

한국의 한시 30

정내교 · 정민교 시선

허경진 옮김

평민사

옮긴이 **허경진**은 연세대학교 국어국문학과를 졸업하고,
같은 대학원에서 문학박사 학위를 받았다. 목원대학교 국어교육과 교수와
열상고전연구회 회장을 거쳐, 연세대학교 국문과 교수를 역임했다.
《한국의 한시》 총서 외 주요저서로는 《조선위항문학사》, 《허균 평전》,
《허균 시 연구》, 《대전지역 누정문학연구》,
《성호학파의 좌장 소남 윤동규》 등이 있고,
옮긴 책으로는 《연암 박지원 소설집》, 《매천야록》,
《서유견문》, 《삼국유사》, 《택리지》, 《허난설헌 시집》,
《주해 천자문》, 《정일당 강지덕 시집》 등 다수가 있다.

韓國의 漢詩 30

鄭來僑・鄭敏僑 詩選

초   판 1쇄 발행일 1991년 9월 20일
초   판 2쇄 발행일 1998년 4월 1일
개정증보판 1쇄 발행일 2024년 8월 26일

옮 긴 이   허경진
만 든 이   이정옥
만 든 곳   평민사
           서울시 은평구 수색로 340 〈202호〉
           전화 : 02) 375-8571
           팩스 : 02) 375-8573
           http://blog.naver.com/pyung1976
           이메일 pyung1976@naver.com
등록번호   25100-2015-000102호
ISBN   978-89-7115-844-9 04810
           978-89-7115-476-2 (set)
정   가   10,000원

머리말

　임진왜란 전후로 평민들이 자아에 대해 눈을 뜨면서 한시를 짓기 시작했다. '풍월향도'라고 불렀던 이름 그대로, 민요나 부르면서 자기들의 한을 삭여야 했던 상두꾼들이 풍월을 읊었던 것이다. 그때까진 시대를 앞서 살았던 한두 명의 평민들이 한시를 지었지만, 최기남의 서당에서 평민 자제들이 문학을 배운 뒤로는 많은 평민 시인들이 쏟아져 나왔다. 그 가운데 홍세태의 제자인 정내교·정민교 형제는 정후교와 더불어 삼정(三鄭)으로 널리 알려졌다.

　정내교(1681~1759)는 양반의 집안에 부름받아 양반 자제들을 가르치다가 예순이 넘어서야 낮은 벼슬을 얻었다. 그동안은 스승 홍세태, 아우 정민교 등과 더불어 시를 주고받았으며, 평민의 아이들을 모아 가르치기도 했다. 그의 제자들이 나중에 그의 문집을 엮어 간행해 주고 묘지명을 지어 주었다. 그는 한시뿐만이 아니라 시조에도 관심이 있어 3편의 시조를 지었으며, 《청구영언》의 서문을 지어 주기도 하였다.

　한편으로는 평민으로 태어났다가 자기의 재주를 다 펴지 못하고 불행하게 살아야 했던 인물들의 전기를 짓기도 했다. 또한 천기론(天機論)을 내세워 평민문학이 사대부문학보다 순수하고 참되다는 주장까지도 하였다. 정민교(1697~1731)는 형인 정내교에게서 글을 배우다가 홍세태의 제자가 되었다. 평안도 어촌에 세금을 받으러 갔다가 어부들이 다 떨어진 옷을 걸치고 울며 비는 모습을 보고는, 하나도 따지지 않고 빈 자루만 늘어뜨린 채 돌아왔다. 이러한 마음속에서 그의 시가 지어졌다. 그러나 경상감사 조현명의 두 아들을 가르치려고 내려갔다가 속병이 도져서, 서른다섯 젊은 나이에 죽었다. 그의 부인이 형인 정내교에게 유고를 엮어 달라고 부탁하여 제자인 오도옥이 간행하였다. 이 시선의 작품 배열은 《완암집》과 《한천유고》의 순서를 그대로 따랐다. 《완암집》에는 청작연도가 밝혀져 있어, 이 시선에서도 그대로 밝혔다.

— 1991. 3. 5.
　허경진

차례

정민교 시선

부록

정내교 시선

그가 지은 시는 호탕하고도 넓어서 시인의 태도가 있었다. 비분강개한 성조의 시가 많아서, 마치 연나라나 조나라에서 축을 두들기던 선비들과 위아래를 다투는 듯했다. 대개 그 시의 연원은 홍세태에게서 나왔으며, 천기를 얻은 것이 많다.

— 이의숙《완암집》서

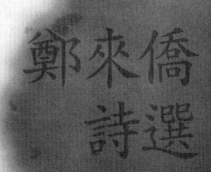

청량리

清涼里 _1703

산 너머 해가 어슴푸레 저물자
겨울 까마귀 나무를 맴돌며 깍깍거리네
들판에 놓인 다리 거듭 지나며 보니
밥 짓는 연기가 쓸쓸한 마을에서 나네
단풍나무 언덕에다 말 매어두고
아이를 따라 밤나무 동산에 오르다가
숲 사이에서 늙은이 만나
마주 보고 서서 두세 마디 나누네

山日蒼蒼下、　　寒鴉繞樹喧。
野橋重過路、　　煙火舊荒村。
繫馬臨楓岸、　　隨兒到栗園。
林閒逢老叟、　　相對兩三言。

강마을

江村 _1704

개구리밥 사이로 노를 치는 소리[1] 들리더니
차츰 강 가운데로 고깃배를 풀어놓네
먼동이 터오며 꾀꼬리를 재촉하고
봄소리는 흰 갈매기로 어지러워라
강물이 맑아 늘 일찍 일어나고
땅이 외져서 오래 머무르게 되네
여기가 티끌세상인가 물어보노니
그 누가 이처럼 놀 수 있으랴

鳴榔起蘋末、　　　稍稍放漁舟。
曙色催黃鳥、　　　春聲亂白鷗。
江淸常早起、　　　地僻故遲留。
試問紅塵內、　　　誰能爲此遊。

■
1) 원문의 '명랑(鳴榔)'은 고기가 놀래서 그물 속으로 들어가도록 뱃전에
   서 노를 치며 소리 내는 것을 말한다.

봉은사

奉恩寺 _1704

마음 내키는 대로 절간을 찾다보니
앵두꽃 걸음걸음 기이하여라
소나무 아래 바위에서 옷깃 풀어 헤치고
절 앞 연못에선 지팡이 짚고 거닐었네
시골 아낙네는 새 나물을 나누고
산속의 스님은 옛 시를 읊는데
숲을 헤치고 오래 앉았노라니
섬돌 그림자 옮겨지는 걸 차츰 알겠어라

隨意尋禪院、   鶯花步步奇。
散襟松下石、   扶杖寺前池。
村婦分新菜、   山僧誦古詩。
披林成久坐、   稍覺砌陰移。

유하 선생 방아타령에 화답하여

和柳下翁碓樂歌 _1706

선생은 백 조각 기운 옷 입고
섣달그믐날 오막살이에 누워 있네
방앗소리 사방에서 어지럽게 일어나며
집집마다 곡식 찧어 떡을 만드네
집집마다 곡식 있건만 우리만 없어
처자식 굶주림에 울며 빈 벽만 바라보네
평생 함께 살았던 석 자 거문고로
그대 위해 오늘 쓸쓸함을 위로하리라
줄을 뜯으니 새로운 가락이 나와
방아타령이 울려 퍼지네
이웃집 방아 소리에 높고 낮게 화답하니
처자식 듣고서 얼굴색이 펴지네
내 비록 너희들 먹일 곡식이야 없다지만
가난하고 천한 생활 싫지는 않아
인생 살면서 어느 겨를에 걱정하랴
내 이제 도를 즐기니 모자람 없어라
그대는 증삼의 노래가 금석에서 나던[1] 것을 보지 못했나

■

* (유하는) 찰방(察訪) 홍세태(洪世泰)의 호이다. (원주)
　홍세태의 한시는 한국의 한시 13번《유하 홍세태 시선》으로 편집되어
　있다.
1) 증삼이 위(衛)나라에 있을 때 매우 가난하였지만, "신발을 끌면서 상송

16

예부터 어진 이들 가난도 달게 여겼다네

先生衣百結、　　　　　歲暮臥白屋。
杵聲撩亂起四隣、　　　家家有粟春作食。
家家有粟我獨無、　　　妻子啼饑向空壁。
平生三尺琴、　　　　　爲汝今日慰寂寞。
鼓絃變新聲、　　　　　彈作鳴杵曲。
聲聲低仰答隣春、　　　妻子聞之怡顔色。
雖無斗粟救汝饑、　　　亦知窮賤還不惡。
人生達命豈暇愁、　　　我今樂道無不足。
君不見曾參歌聲出金石、古來賢者甘窮阨。

■

〈商頌〉을 노래하면 그 소리가 천지에 가득 차서 마치 금석에서 나오는
것과 같았다.[曳縰而歌商頌, 聲滿天地, 若出金石.]”고 하였다.《장
자(莊子) 양왕(讓王)》상송은 맑고 슬픈 노래이다.

벗을 찾아보고 돌아오는 길에

江村訪友人歸路醉入漁家 _1706

벗을 찾아보고 돌아오려니 해는 어느새 지려 하네
미친 듯 노래 부르다 취한 몸 끌고 어부의 집에 들어섰네
늙은이여, 이상히 여기지 마소 알지 못하는 얼굴 들어왔다고
그대 뜨락에 핀 한 그루 꽃나무가 사랑스러워서 들어왔다오

訪友歸來日欲斜。　　狂歌扶醉入漁家。
老翁莫怪非相識、　　愛爾庭前一樹花。

시를 아무리 배운들

望雲有思 _1706

시를 아무리 배운들 무슨 공을 세우랴
비바람 스산한데 또 한 해가 저무네
물 위에 늘어진 버들잎 어지러이 날리고
울타리 옆 국화는 쓸쓸히 시들었네
한 조각 외로운 구름 먼 바다 위에 뜨고
기러기 슬픈 울음 먼 하늘로 스러지는데
사람의 자식 되어 까마귀만큼도 효도[1] 못 하기에
늙으신 어머님께선 여지껏 길거리 신세이시네

詩書矻矻竟何功。　　風雨凄其歲又窮。
楊柳亂飛垂水葉、　　菊花寒盡傍籬叢。
孤雲一片臨遙海、　　哀鴈三聲落遠空。
爲子尙慚烏鳥報、　　老親長在道途中。

■
[1] 까마귀 새끼는 자란 뒤에, 어미 까마귀에게서 얻어먹은 만큼의 먹이를
다시 늙은 어미 까마귀에게 물어다 먹인다 하여, 까마귀의 별칭을 반포
조(反哺鳥) 또는 효조(孝鳥)라고 한다. 《본초(本草) 자오부(慈烏部)》에
"까마귀가 처음 나면 60일 동안은 어미가 먹이를 물어다 먹이고, 자라
나면 새끼가 어미에게 먹이를 60일 동안 물어다 먹인다." 하였다.

유하 선생과 헤어지며

傷離五詠 _1706

2.

문장으로 나라 울려 일찍부터 뛰어나셨지
늙어가며 둔관 벼슬 어찌 불행하랴
술 한 잔에 시 한 수 바다와 산을 노니실 테니
통쾌하여라, 이 또한 장부의 즐거움일세
우스워라, 부귀영화 모두가 헛된 이름이니
재주 높고도 가난하다고 싫어할 것 없어라

– 이 시는 창랑옹에게 부친다. (창랑옹은) 유하(柳下)의 다른 호이다.

文章鳴國早卓犖、　　老來屯官何拓落。
一觴一咏海岳間、　　快哉亦爲丈夫樂。
可笑富貴皆虛名、　　才高窮賤良不惡。
　　　右屬滄浪翁^{柳下}_{一號}

남쪽으로 떠나시는 아버님을 과천까지 모시고 갔다가

家君南征奉將至果川 _1709

이번 떠나시면 삼 년은 되실 텐데
봉래는 더욱이 머나먼 고장
헤어진 갖옷은 세월 따라 몰라보게 될 테고
파리한 말까지 온갖 풍상 다 겪겠지
새 날아가는 곳에 천 산이 아득하고
구름 걷히자 한 줄기 강물 길어라
혼자 돌아오다 성에 올라 둘러보니
봄풀만 더욱 아른거리네

此別應三載、　　蓬萊亦遠方。
弊貂驚日月、　　羸馬飽風霜。
鳥去千山邈、　　雲飛一水長。
歸來城上眺、　　春草更茫茫。

소까지 팔게 될까봐

重興洞記所見 _1711

앞에선 부르고 뒤에선 대답하며 물 흐르듯 몰려가네
세 사람이 환자쌀 싣고 소 한 마리를 함께 끌고 가네
오늘 저녁 돌아가선 배불리 먹겠지만
가을 되면 소까지 팔게 될까봐 그게 걱정이라네

前呼後應去如流。　　　載糶三人共一牛。
歸去今宵應飽食、　　　秋來恐有賣牛愁。

두 아우에게

示兩弟 _1717

1.
남들은 모두 닭 울 때에 일어나
자기 이익 챙기기에 열심이건만
나 홀로 등불 밝히고
책 읽기만 애쓴단다
다들 자기 뜻한 대로 따라
배부르고 배고픈 것 달라지건만
나는 가난을 싫어하지 않아
거친 음식도 달게 먹는단다
그래도 여지껏 이룬 게 없어
너희들의 도를 그르칠까 걱정된단다

衆皆雞鳴起、　　惟利是孶孶。
我獨焚膏油、　　矻矻在書詩。
各自從其志、　　所以異飽飢。
吾非惡貧者、　　藜藿寔甘之。
但念無所成、　　終然子道虧。

2.

아버님은 벌써 돌아가시고
어머님도 이제는 노쇠하셨지
살아 봉양 죽어 장례 모두 유감스러워
이 몸 죽어서까지 슬프겠네
이제 믿기는 너희 두 아우
총명함이 세상에 쓰일 만하니
이 못난 형을 따르지 말고
농사가 아니면 장사라도 하거라
이 내 신세를 경계 삼으면
너희들 위해서도 도모하기 좋으리라

先子已下世、　　慈母今亦衰。
養葬皆有憾、　　將爲沒身悲。
所賴兩小弟、　　聰明可有爲。
莫學兄迂拙、　　非農卽工商。
懲艾在吾躬、　　爲汝謀則藏。

물정에 너무 어두워라

踈濶 _1717

물정에 너무 어두워라
내 도가 궁한 것을 내 스스로 아네
뱃속에는 비록 제자백가의 글이 있다지만[1]
주머니 속에는 돈 한 푼 없이 비었네
내 꼴이야 동네안 웃음거리지만
내 이름은 조정에서 귀하게 통하네
남 따라 고관 뵙기도 배웠지만
늙으신 어머님께서 집안에 계신다네

踈濶復踈濶、　　　吾知吾道窮。
腹雖百家有、　　　囊自一錢空。
形貌里閭笑、　　　姓名朝貴通。
隨人學干謁、　　　親老在堂中。

■
1) 한유(韓愈)의 〈부독서성남(符讀書城南)〉에 "사람이 능히 사람이 될 수
   있음은 배 속에 시서(詩書)가 있기 때문이다. 시서는 부지런해야 소유
   할 수 있고, 부지런하지 못하면 배 속이 텅 비게 된다.[人之能爲人, 由
   腹有詩書. 詩書勤乃有, 不勤腹空虛.]"라고 하였다.

정후교를 일본으로 보내며

送鄭惠卿 後僑 往日本 _1719

3.
서기로는 그대 같은 재주가 없지
활·칼 차고 오니 더욱 호방해라
섬 오랑캐들이 금릉 시축을 가져오면
재촉 받지 말고 말에 탄 채로 써주시게

書記應無似爾才。　　　佩來弓劍亦豪哉。
蠻兒手裏金菱軸、　　　倚馬揮毫不受催。

---

* 정후경(1675-1755)은 쇼군(將軍) 요시무네(吉宗)의 계승을 축하하는
  1719년 기해사행(己亥使行)에 부사(副使) 황선(黃璿)의 자제군관(子弟
  軍官)으로 참여하여 일본에 다녀왔으며, 기행문《부상기행(扶桑紀行)》
  을 남겼다.

감목관이 되어 울산으로 떠나는 유하 선생께

送滄浪翁監牧蔚山 _1719

선생께선 스스로 훌륭한 문장을 지어
한나라 문장 당나라 시를 천여 년 뒤에 다시 살렸네
사신 따라 가선[1] 많은 시를 지어 이름 날렸건만
어쩌다 초라하게 이런 벼슬 맡으셨나
흰 머리로 붓 휘두르면 정신이 살아 있어
긴 밤 등불 걸어놓고 감개 더욱 서글퍼라
이번 벼슬길에도 걸작 많이 지으실 테니
사람 편에 부치시면 죽서당에 간직하리다

知君自有好文章。　　　後數千年更漢唐。
使遇盛時應粉黼、　　　胡爲薄宦此炎荒。
白頭放筆精神在、　　　遙夜懸燈感慨長。
此去亦知多傑作、　　　人來寄與竹西堂。

* 감목관은 지방의 목장을 다스리던 벼슬아치인데, 30개월 만기의 종6품 직이다. 중인이나 서족들이 사또로 천거되려면 감목관을 거쳤는데, 홍세태는 67세에 임명되었다.
1) 쇼군(將軍) 츠나요시(綱吉)의 계승을 축하하는 임술사행(壬戌使行)에 부비사역(副裨司譯) 첨정(僉正) 역관으로 참여하여 많은 시를 지었다.

성환 주막에서

成歡店 _1720

아아, 가겟집 노인이여
그대 삶이 참으로 구차하구려
오막살이에는 햇빛도 들지 않고
다 떨어진 옷에는 이만 들끓는구려
더부룩한 머리에다 때 낀 얼굴로
부엌을 드나들며
손님 맞고 보내느라 애쓰면서
잠시도 쉴 새가 없구려
손님 많으면 돈도 따라 많아질 테니
접대하며 피곤하단 말은 하지 않지만
일 다 끝내고 나서 번 돈 헤아려봐야
기껏 서너푼밖에 되지 않을 테지
어려워라, 그대의 생업이여
어느 때라야 즐겁고 넉넉해질거나

嗟爾店舍翁、　　爲生良獨拙。
茆茨不見日。　　藍縷足蟣蝨。
蓬頭與垢顔、　　出沒煬灶閒。
勞勞迎且送、　　未得一息閒。
客多錢亦隨、　　應接不言疲。
終然計其贏、　　不過錐刀微。
艱哉爾所業、　　快足在何時。

푸닥거리

賽神行 _1720

애들은 기뻐 들썩이고 손님들은 법석을 떨며
앞마을 뒷마을 모두들 푸닥거릴세
둥둥 북을 울리며 가면춤을 추노라니
신이 나타나 무당 몸에 내리네
복과 이익으로 달랬다가는 재앙으로 겁주며
좋았다가 나빴다가 온갖 요사를 다 떠네
주인 영감은 엎드리고 할미는 손 비비며
돈과 쌀 차려다가 무당 앞에 바치네
복만 오게 한다면야 무엇인들 아까우랴
신의 요구는 끝이 없어 실컷 얻어먹는구나
곡식 알알이 고생이고 마디마디 힘들었는데
반이나 간교한 무당에게 주어 주머닐 채우게 하니
푸닥거리 끝나면 집에는 남은 게 없어
봄 겨울 계획 세우지만 올 겨울도 못 버티겠네
세금 낼 곡식에다 이잣돈까지 다 먹어 버렸건만
아전이 문 두드려도 귀신은 소용이 없네
채찍 맞으며 울부짖건만 복은 어디에 있다는 건가
아, 너희 백성들, 어리석기도 해라

30

村南村北皆賽神。
有神降來托巫身。
乍陰乍陽情靡常。
腬幣重糈羞椒觴。
神不厭求豐乃嘗。
半與狡巫充橐囊。
春冬爲計冬不支。
催吏到門神不麾。
嗟爾蚩蚩氓其癡。

童穉懽走客紛繽。
鼓聲淵淵舞俱俱、
誘以福利懼以殃。
主翁俯伏嫗攢手、
但使致福何所惜、
粒粒辛苦寸寸勤、
賽神歸來室無遺。
官租食盡繼子錢、
鞭笞啼泣福何在、

늙은 소

老牛 _1720

힘 다해 산밭 갈고 난 뒤에
나무 그루터기에서 외로이 우네
어떻게 해야 개갈[1]을 만나서
네 뱃속의 말을 할 수 있을거나

盡力山田後、　　　孤鳴野樹根。
何由逢介葛、　　　道汝腹中言。

■
1) 춘추시대 개(介)나라 임금. 소하고 말을 잘하였다.

농가의 한탄

農家歎 _1720

1.

뙤약볕 아래 김 매고 서리 내리면 거두네
홍수 가뭄 끝에 추수해 봐야 그 얼마나 거둘거나
등불 아래 실을 자아 닭 울 때까지
짤각대며 종일 베를 짜도 겨우 몇 자뿐
세금으로 거둬가면 내 몸 걸칠 옷도 없고
꿔온 쌀 거둬가면 독엔 한 톨도 남지 않네
모진 바람에 초가지붕 걷히고 산 속에 눈은 깊이 쌓였는데
술 지게미와 쌀겨도 실컷 못 먹고 쇠덕석으로[1] 잔다네

赤日鋤禾霜天穫。   水旱之餘能幾獲。
燈下繅絲鷄鳴織、   夏夏終日纏數尺。
稅布輸來身無褐、   官糴畢後甁無粟。
惡風捲茆山雪深、   糟糠不飽牛衣宿。

■
1) 한나라 왕장(王章)이 입신출세하기 전에 추위를 견디려고 쇠덕석을 덮
   고 잤다. 쇠덕석은 소 잔등에 덮는 멍석이다.

2.

백골에까지 세금을 매기다니 어찌 그리도 참혹한가
한 마을에 사는 한 가족이 모두 횡액을 당하였네
아침저녁 채찍으로 치며 엄하게 재촉하니
앞마을에선 달아나 숨고 뒷마을에선 통곡하네
닭과 개를 다 팔아도 꾼 돈을 갚기엔 모자라니
사나운 아전들은 돈 내놓으라지만 돈을 어디서 얻으랴
아버지와 아들, 형과 아우 사이에도 서로 보살피지 못하고
가죽과 뼈가 반쯤 죽은 채로 얼어붙은 감옥에 갇혀 있네

白骨之徵何慘毒。　　　同隣一族橫罹厄。
鞭撻朝暮嚴科督、　　　前村走匿後村哭。
鷄狗賣盡償不足、　　　悍吏索錢錢何得。
父子兄弟不相保、　　　皮骨半死就凍獄。

삼연 선생을 곡하며

石郊哭三淵先生 _1722

우리 도를 이제부턴 누구에게 의탁할 건가
오늘 와서 곡하느라 소리도 안 나오네
밝으신 영께서 응당 위에 계신다면
선생 잊지 못하는 내 마음을 웃으시겠지

吾道終誰托、   今來哭失聲。
明靈應在上、   笑我未忘情。

■
* 김창흡(金昌翕 : 1653~1722)은 물심양면으로 위항인들을 도와주었으며,
   형 김창협(金昌協)과 더불어 위항인들의 문학적 바탕인 천기론(天機
   論)을 내세워 격려하였다.

벼타작

打稻_1722

농가는 가을걷이 뒤에 더욱 바빠져
늙은이 어린이 새벽부터 일어나 노적가리 벌써 쌓았네
말 타고 마을을 나서자 하늘은 아득하고
소 풀어 물가에 놓자 햇빛은 썰렁해라
산승이 자루를 열자 솔막걸리 뽀얗고
시골 아낙 광주리에선 밥 냄새 풍기네
들걷이 끝내고 돌아와서도 할 일 남았으니
종이창 등불 밑에선 시 읽는 소리 길어라

田家秋後轉多忙。　　　老少晨興已築塲。
跨馬出村天漠漠、　　　放牛臨水日荒荒。
山僧開橐松醪白、　　　村女携筐稻飯香。
看穫暮歸還有事、　　　紙窓燈火誦詩長。

갈원촌에서

葛院村 _1724

사립문에 지는 달빛 받으며 길조심 다짐하고
막걸리 한 잔으로 새벽 추위를 막았네
한 줄기 물길 나뉜 걸 보고 소야(素野)인 줄 알겠어라
먼 산 다투듯 솟았으니 이곳이 천안인 게지
나그네 시름 반쯤은 시 짓는 가운데 스러지고
이제부턴 봄빛을 말 위에서 본다네
시골집 돌아가면 그윽한 취미 많아
누치에다 향그런 고사리까지 찬거리가 될 테지

柴門落月戒征鞍。　　薄酒猶能禦曉寒。
一水橫分知素野、　　遙山爭出是天安。
客愁半入詩中失、　　春色還從馬上看。
湖舍歸來多靜趣、　　訥魚香蕨亦堪餐。

쌀값이나 이야기하게 되다니

成歡店 _1725

꾀꼴새 소리 들으며 곡구에 이르자
말 앞에 갑자기 시냇가가 나타났네
젊어선 시와 책에다 뜻을 두었건만
늙어선 길거리 신세일세
풍상에 근력 다 쇠하고
떠도는 바람에 형제들까지 가난해라
째째하게 쌀값이나 이야기하게 되다니
주막 주인에게 너무나 부끄러워라

聞鸎纔谷口、　　歸馬忽溪濱。
少日詩書志、　　衰年道路身。
風霜筋力損、　　漂泊弟兄貧。
齦齦論錢米、　　深慙店主人。

입춘날 아우가 오길 기다리며

立春日有感_1726

1.

호숫가로 집 옮기고 너 오길 기다렸건만
매화도 다 떨어지고 버들가지까지 꺾어졌네
부질없이 동구 밖에 기대어 서서 흰 머리로 바라다봐도
남쪽에서 고개 넘어오는 기러기만 내 눈에 뵈누나

– 이 시는 계통(季通)에게 주는 시이다.

湖上移家待爾廻。　梅花落盡柳條催。
空敎鶴髮憑閭望、　惟見南鴻度嶺來。　– 右屬季通

* 계통은 아우 정민교(鄭敏僑, 1697-1731)의 자이고, 호는 한천(寒泉)
  이다.

입춘날 누이에게

立春日有感 _1726

2.
남편 집안엔 힘없어 늘 굶주려도 도와주지 못하던데
이젠 어머님까지 남쪽으로 내려오셔 의기가지 없게 되었구나
네 손안에 비록 바느질 재주 있다지만
추운 겨울에도 옷 한 벌 제대로 입지 못하더구나

- 이 시는 작은누이에게 주는 시이다.

夫家無力救恒饑。　母氏南來若失依。
手裏縱存鍼線巧、　嚴冬未着一完衣。　－ 右屬少娣

40

석가봉과 지장봉
釋迦地藏兩峰 _1726

두 봉우리 서로 읍하는 것 같아
그 기상 의젓한 참부처일세
그 가운데 옥경담이 있어
영롱하게 가을달을 머금었네

兩峯如相揖、　　　氣像儼眞佛。
中有玉鏡潭、　　　玲瓏涵秋月。

* 처음에 절에 들어가면 문 위에는 '장안사'라는 편액이 걸려 있고, 또 '해동제일명산대찰(海東第一名山大刹)'이란 여덟 글자가 걸려 있는데, 소고(嘯皐) 윤사국(尹師國)의 글씨이다. 누각은 범종루(泛鍾樓)와 신선루(神仙樓)이고, 불전(佛殿)들이 한 골짜기에 그득하다. 석가봉·지장봉·관음봉이 가장 높고, 장경봉(長慶峯)이라는 봉우리가 안대(案對)가 되었으며, 서쪽에 토산이 있어 주진(主鎭)이 되었다. 이유원《임하필기(林下筆記) 봉래비서(蓬萊秘書)》

41

관가 문이 얼마나 높던지
記沿途所見 _1727

1.

관가 문이 얼마나 높던지
문지기가 무섭게 꾸짖으며 막네
가까운 친척도 길을 막으니
학문 높은 선비라고 들여보내 주랴
백성 다스리는 이야기는 누구와도 않는다니
인색하다는 이름만 많이 얻겠지
백성 잘 다스렸던 옛사람을 보니
찾아오는 손님마다 가족처럼 대해 주었건만

官門一何深、　　守者嚴禁訶。
至親猶見阻、　　高士肯相過。
無與講治術、　　祇得吝名多。
吾觀善治者、　　客至如其家。

■
＊ 원문 제목은 〈오던 길에 본 것을 쓰다〉이다.

푸줏간 고기를 싼 값에 가져오라니

記沿途所見 _1727

2.
읍내에 푸줏간 만들어
제사나 부모 봉양에 쓰려 했는데
싼 값에 많은 고기 가져오라니
백성들은 잇달아 달아난다네
고기 맛 좋은 줄만 알 뿐이지
백정들 통곡 소리는 듣지 못하네
가까운 곳에서도 이런 형편이니
백성들 아픔을 어찌 알겠나

邑之置屠販、　　　端爲祭養足。
廉價徵肉多、　　　屠者走相續。
但知肉味好、　　　不聞屠者哭。
咫尺猶如此、　　　民瘼焉能燭。

아우에게

寄季通 _1731

열흘 남짓 서울에서 만나곤
서로 헤어져 하늘 끝까지 왔네
외딴 골짜기라 편지 전해 줄 기러기도 없는데
한천1)에는 꽃만 떨어지겠지
술잔 들기도 즐겁지 않아
눈물 흘리며 세월만 보내네
긴 여름 보낼 것 같지 않으니
타향이 어찌 내 집 같으랴

一旬京洛面、　　相別卽天涯。
絶峽無歸鴈、　　寒泉有落花。
杯樽非樂事、　　涕淚送年華。
未可經長夏、　　他鄕豈是家。

■
1) 한천(찬샘)은 회천의 마을 이름이다. (원주)
　한천은 정내교의 아우인 정민교의 호이기도 하다.

은천 이씨의 별장
銀川李氏庄八景 _1731

2. 봉절 종소리 _鳳寺鍾聲
담쟁이덩굴 끌어잡고 좁은 길을 올랐더니
가장 높은 봉우리에 절간이 있네
도 닦는 스님의 얼굴은 뵈지도 않고
숲 사이에서 종소리만 들리네

攔蘿通細逕、　　　寺在最高峯。
不見居僧面、　　　惟聞隔樹鍾。

6. 찬골 나무꾼 노래 _寒谷樵歌
산골짜기엔 붉은 잎이 가득하고
시냇가 절벽엔 흰 구름이 흩어지네
나무꾼 노래 조금씩 들리는데
저녁놀 속에 사립문으로 돌아왔네

山蹊紅葉滿、　　　澗壁白雲飛。
稍稍樵歌動、　　　柴門返夕暉。

7. 토끼산 봄꽃 _兎山春花

집 앞에 마주선 산봉우리는 푸르고
흐드러지게 핀 꽃은 눈을 찌를 듯 붉어라
산 집의 봄은 정말 좋아서
비단 병풍 속에서 사는 듯해라

一峀當軒翠、　　　繁花刺眼紅。
山家春正好、　　　坐臥錦屛中。

8. 시루봉 가을달 _甑峯秋月

서릿발 속 저 달빛 어여쁘기도 해라
부유스름 침상가에 비쳐드누나
산속 벗들을 부르고 싶어
먼 하늘에 대고 퉁소를 부네

可憐霜後月、　　　皎皎入床邊。
欲喚山中侶、　　　吹簫向遠天。

화분에 심겨진 국화

盆菊吟 _1731

2.
너, 화분에 심겨진 국화여
너의 절개 기이타고 자랑 말아라
모든 풀이 한 가지 성품 타고났기에
차고 덥게 만들어진 것 아니란다네
다만 어쩌다 놓인 처지가 달라
마침내 귀천의 구별이 생겨난 게지
저 들 가운데 피어 있는 국화를 보게
저 또한 서리를 이겨내는 절개가 있지 아니한가

嗟哉爾盆菊、　　莫自詑奇絶。
百草同一性、　　造化無冷熱。
直爲處勢異、　　終令貴賤別。
請看野中菊、　　亦有傲霜節。

농부 이야길 들으며

東郊 _1737

1.

시골집은 순박해서 문도 만들지 않고
아름다운 나무 둘러선 뜨락이 봄볕 따뜻하기도 해라
얼음 낀 시냇가에선 도끼질 소리 들리고
진흙길엔 송아지 발자국 어지러이 남았네
늙은 나이에도 술을 만나니 봄인 줄 알아
사흘 내내 산을 보며 세상 시끄러움을 피했다네
시골 가난한 생활이 좋은 줄 이제야 알겠으니
마음 가라앉히고 누워서 늙은 농부 이야길 듣는다네

田家眞率不爲門。　　佳木環庭淑景暄。
氷澗暗聞樵斧響、　　泥蹊亂着犢蹄痕。
衰年得酒知春事、　　三日看山避俗喧。
始識郊居貧亦好、　　潛心臥聽老農言。

번화한 한양 거리

漢陽八詠 _1737

3.
밥 짓는 연기와 추녀가 끝없이 이어지고
수레 먼지 속에 어깨가 부딪치네
평민까지도 허리와 머리에 금과 옥을 꽂고
귀족 집엔 잘난 자식들이 늘어섰네

烟火連墻接屋、   塵埃擊轂磨肩。
平民腰頂金玉、   世冑門闌桂蓮。

4.
문물은 중화와 나란하고
규모도 삼백 년 갖추어졌네
벼슬아치 집안에선 대대로 영예와 녹봉을 받고
서민들 가운데도 인재들 많아라

文物中華可並、   規模三百年來。
衣纓世受榮祿、   圭華人多雋才。

5.

동네마다 푸줏간 널려 있어
날마다 몽둥이로 소 돼지를 때려잡네
애 어른 모두들 고기 맛 즐겨
종아이까지도 푸성귀는 싫어한다네

五坊分列屠肆、　　　　日日椎牛殺猪。
老少同兼肉味、　　　　僮奴亦厭茹蔬。

6.

구슬놀이도 옛말이라 아무도 안 하네
칼을 차고 다닌다고 누가 호걸이라 여기랴
어렸을 적부터 반은 거간꾼이 되어
어린애들까지 돈 좋은 줄만 안다네

弄丸無復行刲、　　　　帶劍誰爲俠豪。
年少半成賈儈、　　　　孩童知愛錢刀。

아직 열흘도 안됐는데

送春日集槎翁宅 _1738

1.

꽃 아래 모여 즐긴 게 아직 열흘도 안 됐는데
빨리 오라는 편지는 어찌 그리 자주 오던지
주인 늙은이 병치레 뒤에도 큰 잔에 술 마시고
산새 소리에 반나절 봄은 어느새 가버렸네
늙어가며 참으로 입 벌려 웃기도 힘드니
곤궁한 내 인생길에 누가 다시 마음 맞을 텐가
가여워라, 몇 말 녹봉에 끝내 얽매여
정겨운 이웃으로 집을 옮기지 못하다니

花底團歡未一旬。　　　書來見速又何頻。
主翁病後深杯酒、　　　山鳥聲中半日春。
老境眞難開口笑、　　　窮途誰復會心人。
可憐斗祿終爲累、　　　恨不移家岳下隣。

---

* 제목에 나오는 사옹(槎翁)은 선배 이병연(李秉淵, 1671-1751)을 가리
킨다.

어디엔들 즐거움이 있으랴

湛齋自揚峽暫還三淸舊第邀金斯文子文及余
留宿拈農巖集中韻共賦 _1738

떨어져 살다 보니 친한 벗도 만나기 어려워
불 켜고 머물러 앉아 그대 옷깃을 붙잡네
한 해가 바뀔 날도 며칠 남지 않았는데
날이 밝으면 내 벗님은 양협으로 돌아간다네
죽을 때까지 떠돌아봐야 어디엔들 즐거움 있으랴
이 몸 신분 미천해 슬픈 노래만 부르네
다 버리고 늙은 농부나 되어 파묻혀 살았으며
살 뜻을 끊으면¹⁾ 그게 참된 비결이라네

■

* 원제목이 무척 길다. 〈담재 이명익이 양협으로부터 삼청동 옛집으로 잠
  시 돌아와 김자문과 나를 불러 머물며 자던 중에,《농암집》에서 운을 골
  라 함께 시를 짓다〉
1) 정나라에 계함이라는 무당이 있어 사람들의 생사존망이나 길흉화복, 목
   숨의 길고 짧음을 몇 년 몇 월 며칠까지 귀신같이 집어내 알아 맞췄다.
   정나라 사람들은 그를 보면 자기의 일을 예언할까봐 모두 피해서 달아
   났다.
   … 열자가 그를 데려다 스승 호자에게 보였다. 무당이 나와서 열자에게
   말하였다.
   "당신의 선생은 곧 죽을 것이오. 살지 못합니다. 열흘을 넘기기 어렵지
   요. 나는 괴상한 상(相)을 보았소. 축축한 재[灰]의 상을 보았지요."
   열자가 들어가 눈물로 옷깃을 적시며 그 이야기를 호자에게 전해 주었
   다. 호자가 말했다.
   "조금 전에 나는 그에게 지문(地文)의 상을 보여주었네. 멍하니 움직이
   지 않고 멎어 있지도 않는 것일세. 그는 아마 나의 두덕기(杜德機), 즉
   덕이 발양되는 것을 막는 경지를 보았을 것이야. 시험 삼아 다시 데려와

52

落落親朋相見稀。　　點燈留坐挽君衣。
天時長至數宵隔、　　我友維揚明日歸。
卒歲優游何土樂、　　悲歌慷慨此身微。
只應去作老農沒、　　眞訣曾聞杜德機。

■
　보게.”
　열자가 다음날 무당을 다시 데려다 호자에게 보였다. 무당이 나와서 열
자에게 말했다.
　“다행이오. 당신의 선생은 나를 만나 병이 나았소. 완전히 살아났소. 나
는 그의 생명의 싹이 돋아나는 것을 보았소.” -《장자》제7편 〈응제왕
(應帝王)〉

청풍당 입춘대길
淸風堂春帖 _1739

온 세상이 영화와 명성을 소중히 여기지만
영화와 명성 따위야 한 마리 썩은 쥐쯤이지
어찌하면 한강 모래밭에서
갈매기와 벗하며 놀 수 있을거나

擧世重榮名、　　　榮名一腐鼠。
何如漢上洲、　　　去作白鷗侶。

서울 구석에서 머리 숙이고 살기가

古詩次洪子順樂命 _1739

서울 구석에서 머리 숙이고 살며
아전 노릇 하기가 너무나 힘들어라
짐을 잔뜩 진 소가
길 가기 겁내다가 채찍 맞는 것 같아라
오늘 아침 갑자기 가랑비 내려
훌쩍 말 타고 달려봤지
눈 깜짝할 새 호숫가 정자에 이르러
옷자락 헤치고 길게 휘파람 불었지
뜬구름 인생 백 년뿐인걸
입 벌리고 웃기도 했지
술잔 잡고 갈매기에게 말하노니
너는 현옹[1]을 아느냐 모르느냐
천추의 한음노부[2]인들

---

1) 정내교 자신을 가리킨다. 완암(浣巖) 외에 현와(玄窩)라는 호도 사용하
   였다.
2) 후한(後漢) 환제(桓帝)가 경릉(竟陵)에 행차하여 운몽(雲夢)을 지나 면
   수(沔水)에 이르렀을 때, 백성들이 모두 우러러보았으나 오직 한음노
   부(漢陰老父)만은 밭을 갈면서 돌아보지 않자, 상서랑(尙書郎) 장온(張
   溫)이 기이하게 여겨 그에게 나아가 대화를 나눴다. 그 노부가 고금(古
   今)의 도리를 논하며 천자(天子)가 일유(逸遊)하는 잘못을 하나하나 설
   명한 다음에, 성명을 물어보아도 대답하지 않고 떠나갔다.《후한서(後
   漢書) 권83 일민열전(逸民列傳) 한음노부(漢陰老父)》

참으로 천유(天遊)를 할 수 있었으랴
기회를 엿보는 마음만 없앤다면
인간 세상 그 어딘들 신선 세계 아니랴

沒沒吏文役、　　　屈首東洛下。
正如服箱牛、　　　畏途困鞭打。
今朝忽微雨、　　　翩然乘快馬。
一瞬到湖亭、　　　披衣劃長嘯。
浮生百年內、　　　儘得開口笑。
持杯語白鷗、　　　爾識玄翁不。
千秋漢陰老、　　　眞能得天遊。
但使機心息、　　　何處非滄洲。

먼저 죽은 아우를 그리워하며
病中感懷 _1739

2.
내 장차 너를 의지하고 남은 생애 보내려 했는데
너는 죽고 나는 시들어 온갖 병이 감쌌네
인간 세상 즐거움을 마음에 두지 않아
술집이건 시 짓는 모임이건 멍하니 보낸다네

吾將依汝送餘秊。　汝歿吾衰百病纏。
忽忽不知人世樂、　酒壚詩社摠茫然。
──　右亡弟季通

그 누가 욕심도 잊은 사람이던가

又次放翁 _1739

1.

게으른 게 본래 내 성품이라서
평생 일각건뿐이라네
봉황이 날아야 바야흐로 좋은 세상
용이 숨었으니 내 몸이나 보존해야지
베개 높이 베고 구름 낀 달 쳐다보노니
돌아보면 그 얼마나 오랜 세월이었나
영관[1]의 객에게 묻노니
그 누가 욕심도 잊은 사람이던가

懶散元吾性、　　　平生一角巾。
鳳騫方瑞世、　　　龍蟄獨存身。
高枕惟雲月、　　　回頭幾刼塵。
寄言瀛舘客、　　　誰是忘機人。

■
1) 당나라 태종이 설치한 문학관(文學館)으로 두여회(杜如晦)·방현령(房
玄齡)·공영달(孔穎達) 등 18명을 두었다. 왕이 한가할 때에 방문하여
정사(政事)를 논하고, 전적(典籍)을 토론하였다.

눈보라

風雪歎 _1742

어제도 오늘도 바람 불고 천둥쳐
하늘이 어두워지고 눈보라가 들창을 때리네
이월도 다 지나가건만 아직도 털옷을 입고
땅속 몇 자나 얼음이 얼었다네
꾀꼬리도 제비도 아무런 소리 없고
산속의 꽃 시냇가 버들도 어지러이 뒤덮였네
떠돌던 백성들 길 위에 널브러졌단 얘기 들었던가
형이 아우를 보살피지 못하고 아이는 어밀 잃었다네
늙은 아빈 음식 놓고도 감히 먹질 못하고
멍하니 지붕만 쳐다보며 콧등이 시큰해라
평생 옛 책과 시를 잘못 읽어
내 근심도 해결 못하니 한 시대의 근심을 해결하랴
붓을 잡고 천여 마디 자세히 쓴다지만
진부한 선비의 경륜이란 게 얼마나 어리석은가
조정에 나아가 배운 것을 펴고 싶지만
말 타고 문 나서니 갈 곳을 모르겠네
어찌하면 술항아리 얻어 맘껏 마시고
취하여 거꾸러져 모른 채 잠들 수 있을까

天色慘慘雪打牖。
入地數尺冰亦厚。
錯莫山花與溪柳。
兄不庇弟兒失母。
仰屋長吁心鼻酸。
不解憂身解憂時。
腐儒經綸一何痴。
騎馬出門迷所之。
醉倒冥顛睡不知。

昨日今日風雷吼。
二月過半尚重裘、
流鶯巢燕噤無聲、
況聞流氓擁道周、
老夫對食不敢餐、
生平誤讀古書詩、
把筆觀縷千餘言、
欲向廊廟干此術、
安得樽酒飲無何、

배가 고파 말을 팔고서

賣馬歎 _1742

갓과 도포 차림으로 걸어다닐 수 없어
고생 끝에 가라말 한 마리를 샀었네
비록 기주(冀州)¹⁾ 들판에서 태어나진 않았지만
노둔한 말들과는 스스로 남달랐지
늙고 병든 내 몸을 싣고서
큰 길 작은 길 두루 쏘다녔지
봄이 오면 술병 꿰차고 꽃 버들 구경가고
공·경·대부 붉은 대문에 때때로 문안드렸지
날 위해 있는 힘 다 썼지만
콩잎 하나 배불리 못 먹었지
오늘 아침 끌고나가 시장에다 팔고서
돈꿰미 차고 들어왔더니 웬 돈이냐고 깜짝들 놀라네
병든 아내는 돈 보고서 눈썹을 펴며 웃고
열 식구 굶주림도 이젠 달랠 수 있겠네
굶주림 달래는 거야 며칠이나 가랴
늙은 이 몸 이제부턴 나들이할 말이 없네
나들이할 말이야 없더라도 무얼 걱정하랴

■
1) 명마가 많이 나는 고장이다. 한유(韓愈)의 〈송온처사부하양군서(送溫
   處士赴河陽軍序)〉에 이르기를, "대개 기주 북쪽은 명마가 천하에 많
   다.[夫冀北馬多天下]"라고 하였다.

겨울 석 달 동안 문 닫고 들어앉으면 되지
남은 해를 이렇게 보내는 거야 무어 어떠랴만
이젠 배 고파도 팔아먹을 말이 없으니, 그게 걱정일세

袍帽在身不可徒、　　辛苦買得一驪駒。
縱非冀野産、　　　　自與駑駘殊。
載我衰病軀、　　　　踏遍三條與九衢。
春來掛壺趂花柳、　　公卿朱門時一候。
爲我盡其力、　　　　未得飽菽豆。
今朝牽出向市賣、　　錢鈔入室驚暴富。
瘦妻得錢伸眉笑、　　十口於今飢可救。
飢可救能幾多、　　　老夫從此出無馬。
出無馬可奈何、　　　好得三冬閉戶臥。
不妨如此送餘年、　　但愁飢來無馬可更賣。

정민교 시선

그가 지은 시와 문장들을 글을 제대로 알아보는 사람들
에게 자주 칭찬 들었다.
양반집 자제들이 다투어 그와 사귀려 들었고, 시정에
묻혔지만 재주와 뜻을 품을 자들이 그를 사모하며 따랐
다. 폐백을 들고 찾아오는 제자들이 또한 수십 명이나
되었다.

— 형 정래교가 지어준 전기에서

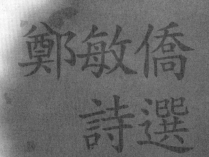

鄭敏僑
詩選

여러 선배께
述懷示諸公

세월은 오래 머물지 않아 가을이 가고 봄이 오니
백년 인생이 원래 꿈속에 있네
이제부턴 다만 책 읽는 즐거움뿐이니
예부터 나 같은 가난 누군들 없었으랴
도를 구하면서도 일찍이 이 뜻을 잊은 적 없었으니
글을 짓는 것도 결국은 옛 사람을 배우기 위함일세
서로 알고 힘 입기는 여러 선배께 달렸으니
만날 때마다 자주 가르쳐 주소서

日月不淹秋復春。　　百年元是夢中身。
從今秖有觀書樂、　　自古誰無如我貧。
求道未曾忘此志、　　爲文終欲學前人。
相知又賴諸公在、　　每見丁寧誨語頻。

형님이 농사 짓는다니까 흉년이 들어
伯氏南下歲兇無以爲生感而有賦

서울에선 먹고 입을 게 없어
시골에다 조그만 밭을 사셨건만
가난 귀신을 떼어 보내지 못하고
다시금 흉년을 만나셨네
볍씨를 뿌렸건만 가을에 거둘 게 없어
세금 낼 걱정으로 밤새 잠 못 이루시네
늘 가난한 게 이미 운명이거니
가는 곳마다 맘이나 편안히 지내시길

京洛無衣食、　　江湖買小田。
未能送窮鬼、　　仍復値荒年。
種稻秋無穫、　　徵租夜不眠。
長貧已有命、　　隨處可安天。

새벽에 임진나루를 건너며

曉渡臨津

뜻이 있었건만 힘입을 곳이 없어
이 몸이 끝내 쓸쓸해졌네
시서(詩書)가 결국 나를 그르치고
입고 먹을 것 때문에 남을 따라다니네
병이 들어 먼 길이 시름겹고
추위에 부딪치며 새벽 나루를 건너네
고향 강산이 천리나 떨어졌으니
누가 다시 나의 어버이를 위로하랴

有志終無賴、　　寥寥遂此身。
詩書應誤我、　　衣食乃隨人。
載病愁長道、　　衝寒渡曉津。
江湖千里隔、　　誰復慰吾親。

안릉을 떠나 조산리 선촌을 향하며

發安陵向造山里船村

말 타고 열흘 지나도록 잠시도 한가롭지 않아
안릉을 아침에 떠나자 또 험한 길일세
강 따라 난 길은 모두 모래와 서덜이고
변새가 가까워 사람이 없고 눈 덮힌 산뿐일세
문장을 잡고 어머니 드실 것도 봉양하지 못하면서
부질없이 먼 길 가느라고 내 얼굴만 축나네
나루 백성들과 말하며 세금 내라 재촉하고
고향에 설날 돌아가기만 기다리리라

跨馬經旬不暫閑。　　安陵朝發又間關。
緣江有路皆沙磧、　　近塞無人但雪山。
未把文章供母食、　　空敎行役損吾顔。
說與津民催納稅、　　故園要趁歲時還。

68

우산에 세금을 걷으러 왔다가
牛山夜宿

당리에서 배에다 세금을 다 매기고 나서
우촌에 왔더니 벌써 날이 저물었네
어지러운 산속에 나 혼자 잠자고
넓은 바다에는 달만 외롭게 걸렸네
늙은 어머님께선 내 생각 하실 텐데
타향에서 섣달을 보내네
한밤중 잠이 들면
서울집 찾아가 헤맬 테지

唐里點船罷、　　牛村已暮天。
亂山人獨宿、　　滄海月孤懸。
老母應思我、　　他鄉可送年。
但將中夜夢、　　歸繞洛陽邊。

세금 내기가 억울하다기에
收稅時作

백성들 원망이 뼛속 깊이 사무쳐
뜨락에 가득 진정서 들고 하소연하네
글 읽을 땐 어진 마음으로 정치하리라 다짐했건만
일 맡고 보니 어인 일로 이욕이 마음을 움직이나
이미 고지서 금액을 반이나 깎아줬으니
차마 거짓 장부로 다시금 뺏으려 들까
세상 막돼먹어 백성들 교화시키기 어렵다고 말하지 마소
조금만 은혜를 끼쳐도 칭송을 듣는다오

嗟爾民宛入骨深。　　盈庭持牒訴如林.
讀書每欲仁爲政、　　當事何曾利動心.
已許舊錢皆半減、　　忍將虛簿更橫侵.
莫言末路人難化、　　小惠猶聞頌德音.

갓난아기까지도 군대에 충원하다니

軍丁歎

북풍 싸늘하게 저녁도 저무는데
마을 아낙네가 하늘 보고 통곡하네
우산 나그네 차마 지나칠 수 없어
말 세우고 물으려니 가슴부터 저려오네
아낙네 말하길, "남편은 작년에 죽었는데
다행히도 뱃속에 아길 남겼답니다
아들이라고 낳아 머리도 마르기 전에
이장이 관에 알려 군액에 충원되었죠
갓난아기를 장정 명부에 집어넣곤
문 닳도록 찾아와 세금을 독촉합디다
어제는 아길 안고서 관청에 가 보였는데
날은 춥고 길을 먼데다 눈보라마저 거세었지요.
돌아와보니 아기는 벌써 병들어 죽었기에
간장이 찢어지고 가슴이 막혔어요
원한이 사무쳐도 호소할 길 없으니
가난 때문에 하늘 보고 통곡하는 건 아니랍니다"
아낙의 이 말이 참으로 처절해서
내 다 듣고 나서 길게 한숨 내쉬었네
선왕이 백성 다스릴 젠 덕을 우선하여
서민들이 얻지 못할 것 없게 하셨지
벌레 같은 미물이라도 은택 입게 하셨건만

나처럼 외로운 이들은 호소할 곳이 없구나
임금께서 법 만드심은 본래 뜻이 있는 것
장정 명부에 올리는 건 군대를 충족케 할 정책이었건만
법이 오래 행해지다 폐단이 생겨
요즘은 백성들에게 큰 해독일세
장정은 한이 있건만 종류는 많아
찾으라 명령 오니 아기에게도 미쳤네
아전은 오직 상전만 무서워할 뿐
자기만 이롭게 하니 백성 고통 어찌 알랴?
사람 없는 이름에도 뜯어먹으려 들어
백골징포는 그 중 가장 잔혹해라
온 나라 백성들 반나마 죽었으니
너 같으면 어찌 하늘 보고 안 울겠나
이런 사정 우리 임금도 근심하시어
십행 조칙으로 간곡히 당부하셨건만
의정부에선 계책 없다고 앉아 보고만 있으니
글렀구나, 이 법은 고쳐지지 않겠네
아낙네여, 이제는 하늘 보고 울지 마소
하늘에 호소해도 하늘은 원래 모른다오
일찌감치 남편 따라 황천으로 쫓아가서
다시금 만나 즐기는 게 차라리 나으리라

朔風蕭瑟塞日落、
孤村有女呼天哭。
牛山歸客不堪聽、
駐馬欲問心悽惻。
自言其夫前年死、
夫死幸有兒遺腹。
生男毛髮尙未燥、
里任報官充軍額。
襁褓兒付壯丁案、
旋復踵門身布督。
昨日抱兒詣官點、
天寒路遠風雪虐。
歸來兒已病且死、
肝腸欲裂胸臆塞。
深冤入骨訴無地、
窮窘寧不呼天哭。
爾婦此言眞可哀、
余一聞之長太息。
先王制民德爲先、
匹夫匹婦無不獲。
昆蟲之微亦與被、
矜復無告吾惸獨。
朝家設法本有意、
簽丁要使軍伍足。
法行之久弊反生、
邇來最爲生民毒。
丁男有限色目多、
遂令搜括及兒弱。
縣官惟知畏上司、
利己寧復恤民戚。
只存虛名混侵虐、
白骨之徵尤爲酷。
八域同疾民半死、
如汝幾處呼天哭。
吾王念此憂形言、
十行絲綸頻懇曲。
廟堂無策但坐視、
已矣此法無時革。
爾婦且莫呼天哭、
呼天從來天不識。
不如早從黃泉去、
更與爾夫爲行樂。

순찰사께 드리다
書呈巡相

제가 이제 서른인데 무엇을 이루었는지
나그네 되어 부질없이 두 해가 바뀌었습니다
입고 먹을 것도 늙으신 어버이께 봉양치 못하고
험한 산이 또다시 돌아갈 길을 막습니다
혼은 조각 꿈을 따라 때때로 돌아가건만
시름은 새봄이 되며 날마다 생겨납니다
주인이 부지런히 붙들어 살라고 한들
아이 걱정하는 북당1)의 정을 내 어찌하겠습니까

吾今三十竟何成。　　　爲客徒然歲再更。
衣食未能供老養、　　　關山空復滯歸程。
魂隨片夢時時去、　　　愁與新春日日生。
縱被主人勤挽住、　　　念兒其奈北堂情。

■

1) 망우초(忘憂草)라고도 하는 훤초(萱草)를 옛사람들이 북당(北堂)에 많
이 심었는데, 북당은 주부(主婦)가 거처하는 곳이므로 어머니를 가리킨
다. 《시경 위풍(衛風) 백혜(伯兮)》에, "어떻게 하면 훤초를 얻어, 이것을
북당에 심을꼬.[焉得諼草, 言樹之背.]" 하였다. 그 주(註)에 '훤(諼)은
훤(萱)이요, 배(背)는 북쪽에 있는 당[北堂] 곧 부인이 거처하는 곳이
다."라고 하였다.

형님께

寄上伯氏 四首

1.

어젠 늙으신 어머님과 헤어지고
오늘은 형님 뵈러 왔지만 뵐 수가 없네
눈 들어 고향 돌아가는 기러기를 바라보니
두 마리 날아가는 게 참으로 부러워라

昨日別老親、　　　今來兄不見。
擧目看歸鴻、　　　雙飛良可羨。

2.

가여워라 우리 형제
언제나 늘 떨어져 있네
헤어질 때마다 사람은 다치기 쉬워
형은 시들고 아우는 병이 많네

可憐吾弟兄、　　　在處長離別。
離別易傷人、　　　兄衰弟多疾。

■
* 형님이 이때 중산에 계셨다. (원주)

75

3.
형님은 시들고 아우는 병이 많으니
즐거운 시절이 그 언제 있으랴
고향엔 꽃 피고 새 울기가 더뎌
돌아갈 날이 늦어지게 하는구나

兄衰弟多疾、   爲樂當何時。
故國鶯花晚、   坐令歸日遲。

4.
내 마음속의 생각을
밝은 달만이 비추네
어여쁜 여인은 내 시름도 알지 못하고
나를 바라보며 애교를 부리네

我有心中思、   但將明月照。
佳人不知愁、   向我嬌言笑。

삼년상을 마치고 어버이 묘를 떠나며
辭先墓

삼년이 되어도 어버이는 일어나시지 않고
만 번 죽어도 나는 다시 살아났네
일찍이 아내와 자식 먹고 살 길 찾았으니
이제 막부(幕府)의 길을 가려네
아쉬운 마음으로 북쪽 기슭을 떠나
멀리 남쪽 성으로 가고 또 가네
필마로 자주 머리 돌리니
가을 하늘에 기러기 한 마리 우는구나

三年親不起、　　萬死我還生。
尙作妻兒計、　　將爲幕府行。
依依辭北麓、　　去去出南城。
匹馬頻回首、　　秋天一鴈鳴。

가촌을 지나며
過櫃村記所見

그대들에게 묻노니, 몇 섬이나 추수했던가
금옥처럼 거두어선 모래처럼 써버리네
동쪽 마을에 상여 내보내곤 서쪽 집으로 모여드니
봄이 와도 다시는 벼를 심지 못하리라

問爾收秋幾斛多。　　收如金玉用泥沙。
東村送葬西鄰會、　　無復春來可種禾。

나를 기다렸다가

待我

나를 기다렸다가 아내는 술을 마련하고
나를 보고서 국화는 꽃을 피우네
아내는 나를 위해 한 잔 가득 따르고,
술잔 위에다 국화 꽃잎을 띄우네

待我妻具酒、　　　見我黃花開。
妻爲我深酌、　　　黃花泛酒盃。

딸아이
兒女

딸아이가 요즘 말을 배우더니
문에 들어서자 먼저 아비부터 알아보네
딸아이 먹으라고 무엇을 줄까
주머니 뒤져서 밤알을 쥐어주네

兒女方學語、　　入門先識翁。
唉兒以何物、　　山果出囊中。

순찰사께 드리다
呈巡相

가득 찬 술동이를 억지로 마주하고
달빛 가득한 하늘을 시름겹게 바라봅니다
늘그막에 먼 곳 나그네 되어
한밤중 가련한 마음을 어루만집니다
책과 칼을 끝내 어디에 쓰겠습니까
뒤웅박처럼 절로 매달렸을[1] 뿐입니다
궤석에 기대어 들어보소서
아름다운 구절을 매화 곁에서 외어 드리리다

強對尊盈酒。	愁看月滿天。
殘年爲客遠。	中夜撫心憐。
書劒終何用。	匏瓜只自懸。
試供憑几聽。	佳句誦梅邊。

---

1) 밖으로 다니지 않고 칩거함을 뜻한다. 공자가 "내가 어찌 뒤웅박과 같이
   한 곳에 매달린 채 먹지 않을 수 있으리오.[吾豈匏瓜也哉, 焉能繫而
   不食.]"하였다. 《논어 양화(陽貨)》

작은형님과 헤어지고 돌아오다가
別叔氏歸路口占

3.
형님은 지금 하늘 끝에 있는데
나는 또한 어디로 가나
우리 둘 가는 곳이 모두 고향은 아니니
이 마음 누구와 더불어 말하랴

兄今在天涯、　　吾去亦何處。
俱是故鄕非、　　此心誰與語。

＊ 정민교에게는 정내교·정태교(鄭泰僑)·정언교(鄭彦僑) 등 3명의 형이
　　있으니, 정내교가 백씨, 정태교가 중씨, 정언교가 숙씨이다.

부록

鄭來僑
鄭敏僑
詩選

정내교·정민교 형제의 사회시에 대하여

1. 정내교의 삶과 평민문학

정내교(1681-1759)의 자는 윤경(潤卿)이고 호는 완암(浣巖)이다. 관향은 창녕인데, 당시에 이미 족보를 잃어버려 전하지 않을 정도로 한미한 집안 출신이었다.

그는 1717년에 생원진사시에 2등으로 합격했지만, 예순이 지나서야 벼슬길에 올랐다. 그러나 이문학관(吏文學官)·통례원(通禮院) 인의(引儀)·귀후서(歸厚署) 별제(別提)·승문원 제술관 등의 기술직들을 이따금 맡았을 뿐이다. 귀후서란 관을 만들고 장례를 맡아보던 관청인데, 귀후서 별제는 녹봉도 없는 잡직이다.

그는 늘그막에 이런 벼슬을 얻기 전까지 아이들에게 글을 가르치며 생활하였다. 그는 평민의 아이들도 모아서 가르쳤는데, 그들이 글을 배우고 돌아가는 모습이 마치 큰 물이 흐르는 것처럼 보일 정도로 많았다고 한다.

양반과 평민 모두를 가르쳤기에, 뒷날 그의 주위에 많은 시인들이 모여들어 시를 주고받았으며, 홍세태가 죽은 뒤에는 평민문단의 중심인물이 되었던 것이다. 이천보는 《완암집》에 서문을 써주면서, 정내교가 지닌 시인의 태도를 이렇게 묘사하였다.

"그는 사람됨이 말끔해서 마치 여윈 학 같았다. 그의 얼굴을 바라보면, 그가 시인이라는 것을 알 수 있었다. 그러나 매우 가난해서, 집에는 바람벽만 썰렁하니 둘려 있었다. 시사(詩社)의 여러 벗들은 술이 생길 때마다 그를 불렀다. 그는 실컷 들이마셔 자기 주량을 다 채우고 흐더분히 취한 뒤에라야 비로소 운을 냈는데, 높직이 걸터앉아 남보다 먼저 읊었다. 그가 지은 시는 호탕하고도 넓어서, 시인의 태도가 있었다. 비분강개한 성조의 시가 많아서, 마치 연나라와 조나라에서 축(筑)을 두들기던 선비들과 위아래를 다투는 듯했다. 대개 그 시의 연원은 홍세태에게서 나왔으며, 천기(天機)를 얻은 것이 많다."

전국시대 말기에 진나라의 횡포에 불만을 품었던 고점리(高漸離)가 축을 두들기고, 형가(荊軻)는 그에 맞추어 연나라 시장바닥에서 노래를 불렀다.[1] 서로 즐기다가 서로 울기도 하면서, 마치 옆에 아무도 없는 것처럼 제멋대로 굴었다. 영의정까지 지낸 이천보가 보기에도, 정내교가 현실에 불만을 품고 지었던 비분강개한 시들이 형가의 비장한 노래 같았던 것이다.

그는 그처럼 비장한 태도로 자기의 불평등한 신분을 노래했으며, 벼슬아치들의 부정부패와 세금제도의 모순을 비판하였다. 어리석은 백성을 겁주어 등쳐먹던 무당을 고발했으며, 그 가운데서 헐벗고 굶주리던 농민들의 아픔과 괴로움을 호소하였다.

■

1) 고점리(高漸離)는 축을 두들기고, 형가(荊軻)는 그에 맞추어 시장바닥에서 노래를 불렀다.《사기 자객열전》

너, 화분에 심겨진 국화여,
너의 절개 기이타고 자랑 말아라.
모든 풀이 한 가지 성품 타고났기에
차고 덥게 만들어진 것 아니란다네.
다만 어쩌다 놓인 처지가 달라
마침내 귀천의 구별이 생겨난 게지.
저 들 가운데 피어 있는 국화를 보게.
저 또한 서리를 이겨내는 절개가 있지 아니한가.
—〈盆菊吟 2〉

이 시에 그려진 국화꽃은 '화분에 심겨진 국화'와 '들 가운데 피어 있는 국화'로 대비되어 있다. '들 가운데 피어 있는 국화'는 타고난 천성 그대로의 국화이며, '화분에 심겨진 국화'는 인위적으로 옮겨져 변모된 모습의 국화이다. 물론 여기에서 '들 가운데 피어 있는 국화'는 당시 봉건사회로부터 아무런 보호도 받지 못하던 평민들을 은유한 것이고, '화분에 심겨진 국화'는 자기들이 만들어 놓은 제도에 의해 온갖 특혜와 보호를 받으며 살아가던 사대부 계층을 은유한 것이다.

말하자면 평민들은 하늘로부터 타고난 그대로 살아가지만, 양반 사대부들은 인위적인 겉모습을 꾸미고서 자랑하며 살아간다는 고발이다.

'너의 절개 기이타고 자랑 말아라'는 구절은 인위적인 제도로 겉모습을 꾸미고서 살아가는 양반 사대부들에 대한 도전이기도 하다.

그는 평민시인들의 시가 맑고도 고운 이유를 타고난 천기(天氣)가 더럽혀지지 않았기 때문이라고 주장하였다. 즉 양반들은 과거시험에 응시하기 위하여 틀에 매인 글을 상투적으로 읽어야만 하는데, 그러한 글을 기계적으로 얽어매는 공부만 몇 년씩 하다보면 타고난 천기가 오염된다는 뜻이다.

과시(科詩)의 폐단은 이미 여러 학자들이 비판해 왔었는데, 정내교는 양반들이 자기의 마음을 순수하게 표현해 보고 싶어서가 아니라 부귀영화를 누리기 위한 자격을 따기 위해서, 그것도 늘 쓰는 자연스러운 글이 아니라 시험용 문체에 맞도록 얽어매는 공부만 하다보니 양반들의 천기가 오염되었다고 비판한 것이다. 이러한 비판은 상대적으로 평민시인들이 타고난 천기를 잘 간직하고 계발하여 시를 짓는다는 주장이기도 하다.

2. 문란해진 삼정(三政)의 고발

조선사회는 봉건지배층의 기반을 강화하기 위해 여러 가지 장치를 만들었는데, 그 가운데 조선 후기의 대표적인 병폐가 신분제도와 삼정(三政)의 문란이었다.

조선사회는 기본적으로 봉건적 지주제도에 근거를 두고 그 위를 봉건적 신분제도가 다스리고 있었는데, 그 두 제도가 함께 흔들리게 된 것이다. 두 가지 제도가 모두 농민들의 착취와 희생을 전제로 하고 이루어졌는데, 농민사회가 더 이상의 착취와 희생을 감당할 수 없이 피폐해지자 조선사회의 기반까지 흔들리게 된 것이다.

정내교는 조선 곳곳을 떠돌아다니면서, 그러한 병폐들을 고발하였다. 열심히 일한 만큼 일한 사람에게 소득이 돌아가는 것이 이상적인 생산제도이다.

그러나 조선사회의 봉건제도는 처음부터 농민들의 희생 위에 세워졌으므로, 농민들의 전세(田稅)가 가장 큰 수입원이었다. 게다가 임진왜란으로 많은 논밭이 황폐해진 데다가 양반과 토호들이 조작한 은결(隱結)들이 늘어가자, 그만큼 힘 없는 농민들의 부담만 늘어났다.

그래서 추수를 기대하며 한여름 땀을 흘렸지만 가을이 되어도 그 흘린 땀만큼 보람있게 살 수 없는 농촌의 현장을 정내교는 이렇게 그렸다.

뙤약볕 아래 김 매고 서리 내리면 거두네
홍수 가뭄 끝에 추수해 봐야 그 얼마나 거둘거나
등불 아래 실을 자아 닭 울 때까지
짤각대며 종일 베를 짜도 겨우 몇 자뿐
세금으로 거둬가면 내 몸 걸칠 옷도 없고
꿔온 쌀 거둬가면 독엔 한 톨도 남지 않네
모진 바람에 초가지붕 걷히고 산 속에 눈은 깊이 쌓였는데
술 지게미와 쌀겨도 실컷 못 먹고 쇠덕석으로 잔다네.
— 〈農家歎·1〉

밤새도록 짠 베를 몸에 걸치지 못하고 한여름 땀 흘리며 일해 거둔 쌀을 먹지 못하는 까닭은, 관리들이 피폐한 농촌의 현실을 생각하지 않고 나라에서 거둘 세금만 생각해 빼앗아갔기 때문이다.

게다가 모진 바람에 초가지붕까지 날아가 버려 글자 그대로 의식주(衣食住)의 문제를 어느 한 가지도 해결하지 못하는 농촌의 피폐한 현신을 정내교가 고발하였다.

조선시대 장정들은 직접 병역을 치르는 대신에 군포(軍布)를 2필씩 냈다. 정내교가 활동하던 영조 때에 이를 반으로 줄여서 장정 1명에 베 1필씩만 거두기로 하고, 그 부족액은

어염세·선박세·은결의 결전으로 보충하게 되었다.

그러나 원래 양반·아전·관노는 병역이 면제된데다 삼정(三政)의 수입원이었던 50만 농민들 가운데 일부가 세력가에게 매달려 군역을 기피하는 바람에, 힘없는 농민들은 전보다 더 심한 고통을 받게 되었다.

> 백골에까지 세금을 매기다니 어찌 그리도 참혹한가
> 한 마을에 사는 한 가족이 모두 횡액을 당하였네
> 아침저녁 채찍으로 치며 엄하게 재촉하니
> 앞마을에선 달아나 숨고 뒷마을에선 통곡하네
> 닭과 개를 다 팔아도 꾼 돈을 갚기엔 모자라니
> 사나운 아전들은 돈 내놓으라지만 돈을 어디서 얻으랴
> 아버지와 아들, 형과 아우 사이에도 서로 보살피지 못하고
> 가죽과 뼈가 반쯤 죽은 채로 얼어붙은 감옥에
> 갇혀 있네
> ―〈農家歎·2〉

정내교가 고발한 이 현장은 백골징포, 즉 죽은 사람에게까지 군포를 거둬내던 모습이다. 군역을 담당하던 장정이 60살이 넘거나 그 이전에라도 죽으면 군안(軍案)에서 지워야 하건만, 나라에 올려보내지도 않을 군포를 아전들이 계속 착취하느라고 죽은 사람에게서도 받아내었던 것이다. 물론 세금을 낼 사람이 없으면 가까운 친척이 내야 했고, 친척도 없으면 동네 사람들이라도 대신 내야만 했다.

정내교는 족징(族徵)·인징(隣徵)에 시달려 달아나거나 반쯤 죽은 채로 감옥에 갇힌 친척·이웃들의 비극적 삶을 통하여 군정(軍政)의 문란을 형상화하였다. 환곡(還穀)이란 원래 풍년

이 들면 나라에서 농민들이 곡식을 사들였다가 흉년이 들면 싼 이자로 빌려주어, 빈민을 구제하자는 제도였다.

그러나 조선 후기로 내려오면서 지방관들의 횡포가 심해져, 관청에서 꿔주는 됫박과 돌려받는 됫박이 너무나 차이가 났다. 이자도 제멋대로 늘어났다. 글자 그대로 되로 꿔주고 말로 받는 것이 당시 환곡의 실정이었다. 게다가 풍년이 들어봐야 환자를 갚고 또 그 해를 빚 없이 살아갈 만큼, 2년치의 식량을 추수할 땅이 농민들에게 없었다. 늘 꿔먹고 이자를 붙여서 갚는 악순환이 계속되었다.

앞에선 부르고 뒤에선 대답하며
물 흐르듯 몰려가네.
세 사람이 환자쌀 싣고
소 한 마리를 함께 끌고 가네.
오늘 저녁 돌아가선
배불리 먹겠지만,
가을 되면 소까지 팔게 될까봐
그게 걱정이라네.
—〈重興洞記所見〉

정내교는 환곡제도의 그러한 허구성을 간파했기에, 당장의 굶주림을 못 이겨 꿔다 먹지만 결국은 소까지 팔고 패가망신하게 될 한 농민의 비극적인 삶을 한 편의 시로 형상화하였다.

3. 평민들의 세금을 탕감해 준 정민교

정민교(1697-1731)의 자는 계통(季通)이고, 호는 한천자(寒

泉子)이다. 그의 모습을 기록한 사람마다 "얼굴이 희고 눈썹은 마치 그린 듯했다"라고 표현할 정도로 수려한 용모의 시인이었다.

그는 처음 말을 배울 때부터 천자문을 배웠는데, 한 글자도 틀리지 않고 구별하였다. 여덟 살에 시를 지었는데 '구름이 스러지자 푸른 산이 뵈네[雲盡見靑山]'라는 구절을 보고, 형의 친구인 신정하가 칭찬하였다.

그의 형인 정내교가 수십 명의 제자들을 가르쳤는데, 어린 나이의 그도 따로 한 자리를 차지하고 단정히 앉아서 마치 노숙한 스승처럼 가르쳤다. 그 제자들이 같은 또래였지만, 감히 업신여기지 못했다.

그는 부친상을 마치고야 과거공부를 시작해서, 진사시험에 세 번이나 합격하고 성균관에 입학하였다. 그러나 그는 "이 정도로야 어찌 우리 부모님을 영화롭게 하고, 내 뜻을 펼 수 있으랴?" 하고 탄식하며 더욱 힘써 문과에 급제할 계획을 세웠다.

양반집 자제들이 다투어 그와 사귀려 들었고, 시정에 묻혀 있지만 재주와 뜻을 품은 자들이 그를 사모하며 따랐다. 폐백을 들고 찾아오는 제자들이 또한 수십 명이나 되었다. 정내교처럼 그도 평민시단의 중심인물이 되었다.

1725년 겨울에 윤헌주가 평안도 관찰사로 나가면서 정민교가 춥고 굶주리며 지내는 것을 걱정하여, 함께 데리고 가서 해세(海稅)를 받게 하였다. 그는 고깃배가 있는 갯마을마다 세금을 받으려고 돌아다녔다. 그러다가 흉년이 들어서 예년처럼 매겨진 세금도 낼 수 없게 된 어민들을 동정하는 시를 지으면서, 당시 사회의 문제점을 고발하였다.

백성들 원망이 뼛속 깊이 사무쳐
뜨락에 가득 진정서 들고 하소연하네.
글 읽을 땐 어진 마음으로 정치하리라 다짐했건만
일 맡고 보니 어인 일로 이욕이 마음을 움직이나.
이미 고지서 금액을 반이나 깎아 줬으니
차마 거짓 장부로 다시금 뺏으려 들까.
세상 막돼먹어 백성들 교화시키기 어렵다고 말하지 마소.
조금만 은혜를 끼쳐도 칭송을 듣는다오.
─〈收稅時作〉

　정민교는 자신이 세금을 거두러 간 관리이면서도, 자기가
받아들여야 할 세금이 어민들의 실정보다 너무 많이 매겨져
있다고 인정하였다. 관리들이 공정한 마음으로 세금을 매긴
것이 아니라 이욕이 움직여 세금을 매겼기에 양심 있는 지
식인 정민교는 백성들의 편에 섰던 것이다.
　당시 백성들과 관리가 대립되어 있는 상황에서 정민교는
그 책임이 교화시키기 어려운 백성들에게 있는 것이 아니라
이욕에 찬 관리들에게 있다고 보았다. 그래서 자기 다음에
오는 관리라도 마음대로 뜯어고칠 수 없게 세금장부를 바로
잡았다.
　거짓 장부를 꾸며서 세금을 많이 받아다가 적당히 떼어먹
고 위에도 바쳐야 했던 관리이면서도 억울한 백성들의 편에
서서 현실 고발의 시를 지었던 아우 정민교를 그의 형 정내
교는 이렇게 묘사하였다.

　마침 흉년이 들었다. 그는 어부들이 다 떨어진 옷을 걸치
고 울며 비는 모습을 보고는, 마음속으로 슬프게 여겼다. 그

래서 하나도 따지지 않고, 빈 자루만 늘어뜨린 채로 돌아왔다. 사사로운 이권은 절대로 구하지 않았으며, 잘못된 일이 생기면 반드시 나서서 다투었다.

윤헌주가 그 말을 듣고는 그의 뜻을 가상하게 여겨서, 백금을 상으로 주었다. 정민교는 세금을 걷으러 다니다가, 우산에서 황구첨정(黃口簽丁)의 현장을 목격하였다. 유복자로 태어난 아기를 머리도 채 마르기 전에 군액(軍額)에 충당하여, 군포를 독촉했던 것이다.

> 북풍 싸늘하게 저녁도 저무는데
> 마을 아낙네가 하늘 보고 통곡하네.
> 우산 나그네 차마 지나칠 수 없어
> 말 세우고 물으려니 가슴부터 저려오네.
> 아낙네 말하길, "남편은 작년에 죽었는데
> 다행히도 뱃속에 아길 남겼답니다.
> 아들이라고 낳아 머리도 마르기 전에
> 이장이 관에 알려 군액에 충원되었죠.
> 갓난아기를 장정 명부에 집어넣곤
> 문 닳도록 찾아와 세금을 독촉합디다.
> 어제는 아길 안고서 관청에 가 보였는데,
> 날은 춥고 길을 먼데다 눈보라마저 거세었지요.
> 돌아와보니 아기는 벌써 병들어 죽었기에
> 간장이 찢어지고 가슴이 막혔어요.
> 원한이 사무쳐도 호소할 길 없으니
> 가난 때문에 하늘 보고 통곡하는 건 아니랍니다."
> 아낙의 이 말이 참으로 처절해서

내 다 듣고 나서 길게 한숨 내쉬었네.
선왕이 백성 다스릴 젠 덕을 우선하여
서민들이 얻지 못할 것 없게 하셨지.
벌레 같은 미물이라도 은택 입게 하셨건만,
나처럼 외로운 이들은 호소할 곳이 없구나.
임금께서 법 만드심은 본래 뜻이 있는 것,
장정 명부에 올리는 건 군대를 충족케 할 정책이었건만,
법이 오래 행해지다 폐단이 생겨
요즘은 백성들에게 큰 해독일세.
장정은 한이 있건만 종류는 많아
찾으라 명령 오니 아기에게도 미쳤네.
아전은 오직 상전만 무서워할 뿐
자기만 이롭게 하니 백성 고통 어찌 알랴?
사람 없는 이름에도 뜯어먹으려 들어
백골징포는 그 중 가장 잔혹해라.
온 나라 백성들 반나마 죽었으니
너 같으면 어찌 하늘 보고 안 울겠나.
이런 사정 우리 임금도 근심하시어
십행 조칙으로 간곡히 당부하셨건만,
의정부에선 계책 없다고 앉아 보고만 있으니
글렀구나, 이 법은 고쳐지지 않겠네.
아낙네여, 이제는 하늘 보고 울지 마소
하늘에 호소해도 하늘은 원래 모른다오.
일찌감치 남편 따라 황천으로 쫓아가서
다시금 만나 즐기는 게 차라리 나으리라. ─〈軍丁歎〉

이 아낙네는 자기 아기가 장정이 아니라는 것을 입증하기 위해 눈보라 속에 아기를 안고 관청까지 찾아가 보였지만, 결국 돌아오는 길에 아기는 병들어 죽었다. 이 아낙네가 통곡하는 까닭은 군포를 못 낼 만큼 가난해서라기보다도 원한이 사무치지만 호소할 길이 없었기 때문이다. 백성과 관청 사이에 벽이 쌓인 사회였고, 관권의 말단 집행자인 아전은 자기만 이롭게 하느라고 백성의 아픈 소리를 무시했던 것이다.

한 세기 뒤의 시인 정약용은 "낳기만 하면 반드시 병적(兵籍)에 올려서, 이 땅의 부모된 자로 하여금 생명을 탄생시키는 천지의 이치를 원망하게 하였다. 집집마다 탄식하고 울부짖게 하니, 나라의 무법함이 어찌 이렇게까지 되었단 말인가?"라고 탄식하면서 "이 법을 고치지 않으면 백성들은 모두 죽고야 말 것"이라고 걱정하였다.

그런데 정민교는 그 불쌍한 아낙네더러 차라리 죽으라고 권하였다. 하늘에 호소해도 하늘은 원래 모르니, 현 체제를 유지하기 위해서 그 정도의 문제쯤은 임금이 알고도 모른 척했던 것이다. 황구첨정(黃口簽丁)·백골징포(白骨徵布)가 어찌 한두 군데만 있었으며, 그 병폐를 아뢰는 상소가 어찌 한두 차례만 올라왔던가? 비록 세금을 걷으러 다니긴 하지만, 같은 처지의 평민이었던 정민교는 그 아낙네더러 "일찌감치 남편 따라 죽어서 저 세상에서나 즐겁게 지내라"고 충고하였다.

당신의 조선사회는 근본적으로 뒤집어엎기 전에는 모두가 사람답게 살 수 없었던 것이다. 신분문제에 불만을 느낀 평민시인 차좌일이 술에 취하면 술항아리를 두드리면서 "세세생생(世世生生)에 이 땅 사람으로 태어나지 말기를 바란다"고 통곡하였거니와, 정민교는 그러한 문제의식도 없는 시골 아낙네에게 그런 말을 할 만큼 당시의 사회를 회생 불가능한 병자로 보았던 것이다. 윤헌주가 평양감사 벼슬을 마치고 돌아간 뒤에도, 홍석보가 다시 관찰사로 내려와서 그를 계속 붙들고 서기의 일을 맡겼다.

1728년에 모친상을 당하자, 그는 집으로 돌아왔다. 3년상을 지내는 동안 살림은 더욱 어려워져, 그는 채소도 제대로 먹지 않아 병든 몸으로 가족을 이끌고 호남 한천(寒泉)으로 내려갔다. 1730년에 조현명이 경상감사가 되자, 그를 서기로 채용하였다. 자기의 두 아들을 가르치게 하려고, 그를 말에다 태워 데려갔다. 그곳에서 두 사람은 서로의 신분도 잊고서 서로 시를 주고받아 여러 권의 시축을 이루었다. 그러나 그는 평소에 속병이 있던데다 남쪽 지방의 풍토가 몸에 맞지 않아, 1731년에 병으로 죽었다. 그가 죽자 감영에 있던 사람들이 "아름다운 선비가 죽었다"고 눈물을 흘리며 울었다. 책만 읽다 죽은 그를 참다운 선비로 인정한 것이다.

그는 어린 딸 하나만 남기고 죽었는데, 형인 정내교가 내려가서 널을 모셔다가 금천 방학리에 장사지냈다. 그의 아내 변씨가 정내교에게 유고를 엮어 달라고 부탁하였는데 《한천유고》 권1에 308수의 시가 전한다.

― 문천

정내교

　근세의 시인을 들라면 창랑 홍세태 같은 이가 바로 그런
사람이다. 도장(道長: 홍세태의 자)의 뒤를 이어 또한 완암(浣巖)
정윤경(鄭潤卿)이 있었으니, 이름은 來僑(래교: 1681-1757)이
다. 당시의 학사 대부들이 그와 가깝게 사귀며, 집으로 데려
와 그 자제들을 가르치게 했다. 그의 사람됨이 말끔해서 마
치 여원 학 같았다. 그의 얼굴을 바라보면, 그가 시인이라는
것을 알 수 있었다.

　그러나 매우 가난해서 집에는 바람벽만 썰렁하니 둘려 있
었다. 시사(詩社)의 여러 벗들은 술이 생길 때마다 반드시 그
를 불렀다. 그는 실컷 들이마셔 자기 주량을 다 채웠다. 흐더
분히 취한 뒤에라야 비로소 운을 냈는데, 높직이 걸터앉아
남보다 먼저 읊었다.

　그가 지은 시는 호탕하고도 넓어서 시인의 태도가 있었다.
비분강개한 성조의 시가 많아서, 마치 연(燕)·조(趙)에서 축
(筑)을 두들기던 선비들과 위아래를 다투는 듯했다. 대개 그
시의 연원은 도장에게서 나왔으며, 천기(天機)를 얻은 것이
많다. 그 가슴속에 참으로 외물(外物)에 끌림이 있어 시를 좋
아하지 않고 전공하지 않았더라도, 그가 성취한 것이 능히
이와 같았던 것이다.

윤경은 오직 시에만 솜씨가 있었던 것이 아니다. 그의 문장도 굽어보고 올려다보며 꺾고 돌이키기를 잘하여, 작가의 풍치가 자못 있었다. 그의 글을 논하는 사람들이 이따금, "문장이 시보다 낫다"고 말하기도 하지만, 나는 윤경의 시와 문장이 한가지로 천기에서 나왔다고 생각한다.

윤경은 거문고 가락도 널리 알았으며 또한 장가(長歌) 부르기를 좋아했는데, 모두 묘한 경지에 이르렀다. 술이 알맞게 취하면 스스로 거문고를 뜯으며, 거기에 맞춰 노래 불렀다. 아득히 빠져들면, 누가 거문고를 타고 누가 노래를 부르는지도 거의 잊을 정도였다. 듣는 사람에게 평하게 하여, "하나는 잘하고 하나는 못한다" 했다간 반드시 윤경에게 웃음거리가 되었다.

세상에서 윤경의 시와 문장을 논하는 것도 또한 이와 같았다. 내가 윤경과 사귄 것은 스물 남짓부터였다. 내가 승문원의 우두머리가 되었을 때에, 윤경이 마침 제술관의 녹을 받고 있었다. 윤경이 눈병 때문에 사직하려고 하여 내가, "윤경은 지금의 장적(張籍)이니, 마음만은 눈 멀지 않은 자일세. 눈을 감고 입으로만 부른대도, 승문원의 일은 다 할 수 있을걸세"라고 말렸으나 끝내 허락하지 않았다.

어쩌다 관청 일로 날 찾아오면, 나는 시종에게 명하여 그를 부축하고 마루에 오르게 했다. 그에게 시를 지었는가 물으면, 윤경은 낭랑하게 외워 주었다. 마음에 드는 구절에 이르면 모자가 벗겨지는 것도 깨닫지 못하고서 미친 듯 부르짖었다.

나는 그래서 윤경이 늙고 병들었지만 그 기운은 쇠약하지 않은 것을 알았다. 윤경이 죽고 나자 학사 홍자순(洪子順)이 그 시와 문장을 가려뽑고 판서 홍익여(洪翼汝)가 재물을 내

어, 그 문집을 장차 세상에 간행하려고 한다.

　　— 이의숙《완암집》〈서〉

■
＊ 이경민이 엮은《희조질사(熙朝軼事)》에 정래교의 전기가 실려 있는데,
　정래교의 문집인《완암집》앞에다 이의숙이 써준 서문에서 이경민이 발
　췌하여 실은 것이다.

정민교

아우 민교(敏僑: 1697-1731)의 자는 계통(季通)이다. 얼굴이 희고 눈썹은 마치 그린 듯했다. 열댓 살이 되면서 경전과 역사책들을 스스로 깨우쳤는데, 번거롭게 찾거나 묻지 않았다. 과거 공부를 하여, 스물아홉에야 비로소 성균관에 들었다. 그러나 그는 "이 정도로야 어찌 우리 부모님을 영화롭게 하고, 내 뜻을 펼 수 있으랴?" 하고 탄식하며, 더욱 힘써 문과에 급제할 계획을 세웠다.

그가 지은 시와 문장들이 글을 제대로 알아보는 사람들에게 자주 칭찬을 들었다. 양반집 자제들이 다투어 그와 사귀려 들었고, 시정에 묻혔지만 재주와 뜻을 품을 자들이 그를 사모하며 따랐다. 폐백을 들고 찾아오는 제자들이 또한 수십 명이나 되었다.

판서 윤공(尹公)이 평양감사가 되어 나갈 때에, 그로 하여금 해세(海稅)를 받게 했다. 그러나 마침 흉년이 들었다. 그는 어부들이 다 떨어진 옷을 걸치고 울며 비는 모습을 보고는, 마음속으로 슬프게 여겼다. 그래서 하나도 따지지 않고, 빈 자루만 늘어뜨린 채 돌아왔다. 사사로운 이권은 절대로 구하지 않았으며, 잘못된 일이 생기면 반드시 나서서 다투었다.

어머니의 상을 당했을 때에, 그는 나와 함께 여막[1]에서 지냈었다. 채소도 제대로 먹지 않아 오랫동안 병에 걸려 있었지만, 아무리 춥거나 더워도 머리와 허리에 두른 삼띠를 벗지 않았다.

살림이 더욱 어려워지자. 결국 가족을 이끌고 호숫가로 이사를 갔다. 그곳 풍토를 즐겨하여, 그 거처를 자기의 호로 삼아 한천자(寒泉子)라고 하였다. 풍원군(豊原君) 조공(趙公)이 경상감사가 되었을 때에, 그를 말에다 태워 데리고 갔다. 방을 주어 손님으로 모시며 자기의 두 아들을 가르치게 했는데, 마치 여씨 집안에서 친지에게 한 것처럼 대해 주었다. 틈이 나면 보루를 마주보며 서로 시를 주고받았는데, 그 시가 쌓여서 책을 이루었다.

조공이 그를 알아주고 대우하는 태도가 나날이 깊어가 서로 자기들의 신분을 잊을 정도까지 되었다. 그러나 그는 평소에 속병이 있었던 데다가 남쪽 지방의 풍토에도 익숙지 못해서, 드디어 다시는 일어나지 못했다. 그는 사람됨이 호탕하여 조그만 일에 얽매이지 않았고, 성품이 너그럽고도 솔직하였다. 비위를 맞추거나 조심스런 행동으로 남에게 사랑을 받으려 하지 않았다. 그래서 어떤 사람들은 그를 거만스럽게 여기고 헐뜯기도 하였다.

그러나 그의 효성과 우애는 지극하였으니, 천성에서 나온 행동이다. 고문(古文)에 있어선 비록 정수를 얻지 못했지만 마음을 다하고 힘을 다하여, 천기(天機)가 발하고 사리(詞理)가 아울러 갖춰졌다.

그의 고시(古詩)와 근체시는 무르녹고도 밝아서, 향산(香山)

---

1) 무덤 가까이에 지어놓고, 상제가 무덤을 돌보며 머물던 초막

과 검남(劍南)의 사이에 푹 젖어들었다. 스스로 일가를 이루
었다 해도 손색이 없을 것이다. 그가 누린 나이는 서른다섯
이었고, 딸 하나가 있지만 아직 어리다. 아내 변씨가 능히 슬
픔을 절제하면서 억지로 밥을 먹고는, 제상에 올린 음식들
을 손수 보살폈다. 나에게 그의 유고를 거둬 정리해 달라고
부탁한 지가 벌써 오래되었건만, 아직도 이루지를 못해 계
수에게 미안스럽다.

— 정내교《완암집》

* 이경민이 엮은《희조질사(熙朝軼事)》에 정래교의 전기가 실려 있고, 그
  안에 아우 정민교의 전기가 부록으로 실려 있다. 정래교가 아우의 문집
  인《한천유고》에다 부록으로 실었던 〈망제계통본말(亡弟季通本末)〉을
  이경민이 발췌하여《희조질사》에 실은 것이다.

原詩題目 찾아보기

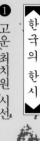

정내교·정민교 시선

韓國의 漢詩—
30

값 10000 원
04810

9 788971 158449
ISBN 978-89-7115-844-9
ISBN 978-89-7115-476-2 (세트)